VENTE

Du Mercredi 18 Décembre 1912

HOTEL DROUOT, SALLE N° 12

A 2 HEURES

Beaux Meubles

ET

OBJETS D'ART

TABLEAUX, PORCELAINES, FAÏENCES

BRONZES, SCULPTURES

TAPISSERIES D'AUBUSSON

TAPIS D'ORIENT

COMMISSAIRE-PRISEUR

M° F. LAIR-DUBREUIL

CATALOGUE

DES

BEAUX MEUBLES MODERNES

ET

OBJETS D'ART

TABLEAUX, AQUARELLES, DESSINS, GRAVURES

PORCELAINES DE SÈVRES ET AUTRES, FAÏENCES

Bronzes d'Art et d'Ameublement

Groupes, Statuettes, Belles garnitures de cheminées
Lustres, Candélabres, Appareils d'éclairage, etc.

SCULPTURES

Statue en marbre blanc : " FLORE ", par Carpeaux

MEUBLES ET SIÈGES

Salle à manger de style Renaissance. Meubles à hauteur
d'appui en marqueterie de bois, copies de Riesener
Meubles décorés au vernis
Bureaux, Table de salon et gaines garnis de bronzes
Billard de Guéret et ses accessoires

PIANO A QUEUE ET PIANO DROIT DE PLEYEL

PIANOLA AEOLIAN

Ameublements de salons en tapisserie d'Aubusson
et de Neuilly, Salon en soie, Sièges variés

BELLES TAPISSERIES D'AUBUSSON MODERNES

TAPIS D'ORIENT

DONT LA VENTE AUX ENCHÈRES PUBLIQUES AURA LIEU

HOTEL DROUOT, SALLE N° 12

LE MERCREDI 18 DÉCEMBRE 1912

à deux heures

PAR LE MINISTÈRE DE

Me F. LAIR-DUBREUIL, Commissaire-Priseur

6, rue Favart

EXPOSITION PUBLIQUE

Le Mardi 17 Décembre 1912, de 1 heure 1/2 à 6 heures

CONDITIONS DE LA VENTE

Elle sera faite au comptant.

Les adjudicataires paieront *dix pour cent* en sus des enchères.

L'exposition mettant le public à même de se rendre compte
de l'état et de la nature des objets, aucune réclamation ne
sera admise une fois l'adjudication prononcée.

Paris. — Imp. de l'Art, Ch. Berger, 41, rue de la Victoire.

DÉSIGNATION

TABLEAUX, AQUARELLES
DESSINS, GRAVURES

BURNE JONES (D'après)

1 — *Étude de têtes.*
     Dessin au crayon.

CHALINNE (Edgar)

2 — *Jeune Femme accoudée sur un coussin.*
     Dessin à la plume.

CRAFTY

3 — *Le Rendez-vous du cavalier.*
     Dessin à la plume.

DAHLE

4 — *Portrait de Femme en pied.*

DEBAT-PONSAN

5 — *Vaches au bord d'une rivière.*

Petite esquisse peinte sur bois.

ÉCOLE FRANÇAISE

6 — *Amours jouant au billard et enfants jouant aux dames.*

Deux dessus de portes peints en grisaille sur fond bleu.

Cadres en bois peint blanc, de style Louis XVI.

FEYEN-PERRIN (A.)

7 — *Mignon.*

Grande toile.
Cadre doré.

HELLEU

8 — *Étude de Femme et enfant.*

Dessin à la sanguine.

HUARD

9 — *Pêcheur.*

Dessin au fusain et crayon de couleur.

LAVELÉZE

10 — *Paysage.*

Aquarelle.

MARS

11 — Dessin à la plume, encadré.

OSTROWSKA

12 — *Portraits de Jeunes Filles.*
    Deux pastels.

ROPS

13 — Illustrations pour les *Diaboliques.*
    Deux eaux-fortes.

VALLET

14 — *Mousquetaire à cheval.*
    Aquarelle.

VICTOR (Jacques)

15 — *Le Marchand de poissons.*
    Grande toile.
    Cadre doré.

BAUER

16 — *Cathédrale d'Amiens.*
    Gravure à l'eau-forte.

17 — *Paysage anglais.*
    Gravure à l'eau-forte.

18 — *Portrait de Margarita Van Oostenryck.*
Gravure en noir.

19 — *Fête de Bacchus.*
Gravure.

20 — *Scènes de festins.*
Deux gravures allemandes en couleurs.

PORCELAINES, FAIENCES

OBJETS VARIÉS

21 — Deux lampes en porcelaine gros bleu, montures en bronze ciselé doré.

22 — Trois vases en faïence de Vallauris.

23 — Chimère en porcelaine blanche de Chine.

24 — Petit pot à eau, avec sa cuvette, en ancienne porcelaine de Paris, décor à bouquet de roses et fleurettes, marli doré.

25 — Groupe en ancien biscuit : Léda.

26 — Petit tête-à-tête en porcelaine de Sèvres, décor à guirlandes de fleurs : plateau, sucrier, théière, pot à crème, deux petites tasses.

27 — Douze assiettes en porcelaine blanche, décor de fleurs.

28 — Garniture en faïence de Delft moderne, composée de cinq pièces : trois potiches à couvercles et deux cornets.

29 — Deux groupes en biscuit de Sèvres moderne : l'Amour chirurgien; l'Amour médecin.

30 — Grand vase en faïence italienne, décor de rinceaux, de fleurs, de feuillages et médaillon : Portrait d'évêque.

31 — Grand vase en porcelaine de Chine, décor à fleurs et réserves de personnages.

32 — Paire de vases à anses en porcelaine de Paris, fond noir, décor à réserves de bouquets fleuris et médaillons à rosaces, parties dorées.

33 — Grande coupe sur piédouche en porcelaine de Sèvres, granité bleu, rehaussée de décorations dorées : guirlandes de feuillages et semis de fleurettes.

34 — Grand vase, formant porte-bouquets, à long col, en porcelaine de Sèvres gros bleu et filets or.

35 — Paire de vases en porcelaine, décorés de sujets champêtres, gorge et piédouche gros bleu et or; monture en bronze.

36 — Grand vase en porcelaine décorée, monté en lampe, représentant les quatre éléments. Signé : *C. Labarre*. Monture en bronze ciselé doré. Style Louis XVI.

37 — Deux grands vases à anses en porcelaine de Sèvres, fond gros bleu et or, décorés en couleurs de scènes pastorales; monture bronze ciselé doré. Style Louis XVI.

38 — Grande coupe en porcelaine de Sèvres, décorée sur fond jaune de rinceaux, gerbes d'épis, fleurs et fruits. Au centre, un médaillon à tête de femme allégorique.

39 — Vase en verre de couleur, sur pied en argent ciselé, à figures de dauphins.

40 — Coupe en verre, genre de Daum, sur pied en argent ciselé à feuillages.

41 — Huilier en métal argenté. Premier Empire.

42 — Phonographe, avec série de disques.

43 — Grand cadre en bois noir.

43 *bis* — Bas-relief en étain : La Jeune Mère.

BRONZES

D'ART ET D'AMEUBLEMENT

44 — Vase en cuivre à trois anses. Modern style.

45 — Deux petites coupes, sur piédouche. Bronze
patine brune.

46 — Paire de flambeaux en bronze.

47 — Paire de petits flambeaux en bronze.

48 — Pare-étincelles, forme éventail, en bronze.

49 — Cave à liqueurs en bronze ciselé doré, fond
de glace, avec flacons et verres en cristal.

50 — Deux petits candélabres, à quatre lumières,
en bronze ciselé doré, de style Louis XVI.

51 — Encrier en marbre rouge et bronze patiné :
Groupe d'enfants allégoriques à la peinture.

52 — Vase à anse en bronze patiné et doré en relief : Silène endormi. Signé : *Vital Cornu.*

53 — Tigre blessé. Bronze patine verte. Signé :
T. Cartier.

54 — Le Jeune Penseur. Bronze patiné. Signé :
Degeorges. (Edition Susse.)

55 — Lévrier. Bronze patiné. Signé : *E. Frémiet*. (*Édition F. Barbedienne.*)

56 — Chatte allaitant ses petits. Groupe en bronze. Signé : *E. Frémiet.* (*Édition de Barbedienne.*)

57 — Statuette équestre de héraut d'armes. Bronze de FRÉMIET. Socle en peluche.

58 — Groupe en bronze : Enfants et chèvre. Socle en marbre griotte.

59 — Groupe en bronze : Enfants musiciens. Sur socle en marbre griotte.

60 — Groupe en bronze doré : Mercure et Pégase, par PICAULT.

61 — Paire de grands chandeliers, à trois lumières, en fer forgé, parties dorées.

62 — Paire de grands candélabres, à neuf lumières, en bronze doré. Style Louis XVI.

63 — Paire de girandoles, à quatre lumières, en bronze doré, de style Louis XV.

64 — Applique, à cinq lumières, en bronze doré. Style Louis XVI.

65 — Paire de candélabres, formés chacun par une figure d'amour en bronze posée sur un socle én marbre et portant un bouquet de roses, à trois lumières. Style Louis XVI.

66 — Deux grands chenets, style Louis XV, en bronze ciselé doré, surmontés de lions héraldiques en bronze patine brune.

67 — Lustre en bronze, de style Louis XV, à douze lumières.

68 — Paire d'appliques, à cinq lumières, de même modèle.

69 — Grand appareil d'éclairage en cuivre pour billard. Disposé pour l'électricité.

70 — Grand lustre en bronze, garni de cristaux.

71 — Grand lustre en bronze et cristaux. Style Premier Empire.

72 — Plafonnier en bronze et cristaux. Style Louis XVI.

73 et 73 *bis* — Deux grands lustres, style Régence, en bronze ciselé doré, ornés de cristaux. Montés à l'électricité.

74 — Pendule en bronze finement ciselé et doré. Sujet formé d'un groupe allégorique, représentant le Couronnement de l'Amitié. Époque Premier Empire.

75 — Garniture de cheminée en marbre noir et bronze doré, composée d'une pendule à sujet de Pandore, signé *Schœnwerk*, et de deux candélabres à six lumières.

76 — Garniture de cheminée, style xviiie siècle,
composée de : une pendule, avec sujet symbolisant l'Histoire, en bronze doré, sur socle marbre
blanc entouré d'une frise en bronze ciselé doré,
décor à rinceaux et amours; deux candélabres :
Enfants tenant des bouquets de lumières en
bronze ciselé et doré, sur des fûts de colonne
en marbre blanc à cannelures.

77 — Grande et belle garniture de cheminée, style
Louis XVI, composée de : une pendule en marbre, cadran entouré d'amours, carquois et
colombes, en bronze ciselé doré. Socle en marbre, orné d'une frise de rinceaux feuillagés en
bronze. Deux grands candélabres. formés par
des cassolettes, en marbre et bronze, forme
trépieds d'où émergent des bouquets de lumières. (*De la Maison Beurdeley.*)

SCULPTURES

78 — Panneau, représentant en relief deux têtes
d'anges entourées d'un encadrement ovale,
guirlande de fleurs et fruits. Bois sculpté. xvii^e
siècle.

79 — Miroir, cadre en bois sculpté doré. xviie siècle.

80 — Deux colonnes-supports en onyx, ornements
en bronze ciselé et doré. Style Louis XVI.

81 — Paire de candélabres, formés de vases en
marbre fleur de pêcher, montés en bronze doré
et surmontés chacun de sept lumières électri-
ques.

82 — Paire de colonnes en marbre fleur de pêcher,
entourées de branches de chêne et de lauriers
en bronze, chapiteaux en bronze ciselé doré.

83 — Buste de Marie-Antoinette en marbre blanc.

84 — Statue en marbre blanc, par Carpeaux : Flore
accroupie.

Haut., 1 m. 03 cent. Base, 60 cent. sur 45 cent.

SIÈGES ET MEUBLES

85 — Chaise Louis XIII en bois sculpté, pieds tors, couverte en damas rouge.

86 — Deux chaises Louis XV en chêne sculpté, couvertes en étoffe brodée, dessins à bouquets de fleurs.

87 — Huit chaises de salle à manger, style Renaissance, en bois de noyer sculpté, garnies en cuir gaufré.

88 — Bergère en bois sculpté doré, de style Louis XVI, garnie en soie brodée.

89 — Huit chaises en acajou, sièges garnis en maroquin rouge. Travail anglais, de la *Maison Warring and Gillow.*

90 — Ameublement de salon, style Louis XV, en bois doré sculpté, garnie en damas de soie cerise, composé de : un grand canapé, quatre fauteuils et quatre chaises.

91 — Ameublement de salon, garni en tapisserie de Neuilly, composé de : un canapé, deux fauteuils et quatre chaises.

92 — Ameublement de salon en noyer sculpté, de style Louis XV, couvert en tapisserie d'Aubusson, à bouquets de fleurs dans des encadrements de rocailles, contrefonds vert d'eau. Il se compose de : un canapé, deux fauteuils et quatre chaises.

93 — Dessus de cheminée en noyer sculpté, style Renaissance, encadrant une peinture présentant une Marchande de légumes, par le Comte PIERRE ROTARI.

94 — Table de salle à manger, style Renaissance, en bois de noyer sculpté.

95 — Table rectangulaire en noyer sculpté, sur piètement à colonnettes. Style Henri II.

96 — Desserte en palissandre verni, à étagères et deux compartiments ouvrant à portes pleines sur l'étagère inférieure.

97 — Buffet de salle à manger en acajou, Travail anglais, de la *Maison Warring and Gillow.*

98 — Gaine à quatre faces en bois de violette, richement garnie de bronzes ciselés dorés, de style Régence.

99 — Ameublement de salle à manger, style Renaissance, en noyer sculpté à cariatides de femmes,

chimères, mascarons et rosaces, composé de :
un grand buffet à deux corps, une grande table
ronde, une desserte, deux fauteuils et dix chaises
garnis en cuir jaune.

100 — Piano droit en palissandre, de *Pleyel*.

101 — Grand piano à queue, de *Pleyel*, décoré au
vernis, représentant des scènes pastorales
d'après WATTEAU : amours, attributs de mu-
sique et rinceaux feuillagés. Ornements en
bronze ciselé doré.

102 — Pianola droit, marque *Aeolian,* pouvant
jouer automatiquement ou à la main.

103 — Billard de GUÉRET en palisandre ciré, porte
queues, onze queues, un jeu de billes en ivoire
et accessoires divers.

104 — Grand meuble-bahut gothique (en partie
ancien) en bois sculpté, orné de ferrures. Le
haut ouvre à deux battants, le centre, à un
vantail.

105 — Grande table de salon en bois sculpté doré,
pieds à croisillons. Ornements formés par des
rinceaux feuillagés et des mascarons à têtes
d'hommes et de femmes. Dessus en palissandre
et marqueterie de cuivre. Style Louis XIV.

106 — Grand bureau plat, à deux faces, en noyer sculpté. Ornements en bronze ciselé doré. Dessus cuir.

107 — Deux grands meubles-bahuts, à hauteur d'appui, style Régence, décorés au vernis. Ornements à rinceaux et cariatides de femmes en bronze ciselé doré. Dessus en marbre brèche blanc.

108 — Grande vitrine, style Louis XVI, en bois noir, ornée de colonnettes en onyx, surmontées de chapiteaux en bronze ciselé doré, ornements et frises également en bronze. Elle ouvre à trois portes ; celle du centre, formant rotonde, est surmontée d'un dôme.

109-110 — Deux beaux meubles, à hauteur d'appui, à coins arrondis, en bois d'amarante et marqueterie de bois de couleur, ouvrant à un vantail et ornés de frises, chutes et motifs divers en bronze ciselé, doré, de style Louis XVI. Dessus en marbre des Pyrénées. Copies d'après *Riesener*.

TAPISSERIES

TAPIS D'ORIENT

111 — Deux coussins en soie brochée.

112 — Quatre rideaux en reps de soie vert et deux
bandeaux en velours rose, parties en soie brochée encadrées d'applications en soie vieil or.

113 — Quatre tapisseries modernes : Scènes pastorales, d'après BOUCHER. (*De la Maison Braquenié.*)

114 — Deux grands panneaux décoratifs en tapisserie moderne, représentant : *Un mariage et un
baptême au XVIe siècle* Encadrement doré, style
Louis XVI. (*De la Maison Braquenié.*)
Haut., 3 m. 5 cent.; larg., 1 m. 75 cent.

115 à 117 — Trois grands tapis d'Orient, à décors
variés.

118 — Objets omis.

RED. :

18

MIRE ISO N° 1
NF Z 43-007
AFNOR
Cedex 7 - 92080 PARIS-LA-DÉFENSE

370.89.70
graphicom

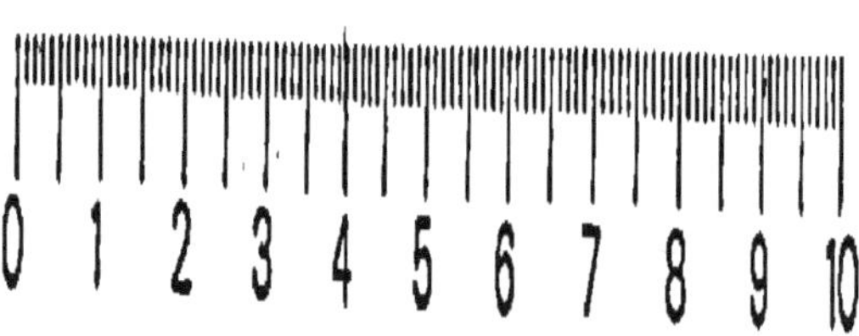

BIBLIOTHEQUE
NATIONALE
DE FRANCE

****

CHATEAU
DE
SABLE

1996